Stefan Burchert
Iris auf der Ölplattform

Roman

Bibliografische Information der Deutschen Nationalbibliothek: Die Deutsche Nationalbibliothek verzeichnet diese Publikation in der Deutschen Nationalbibliografie; detaillierte bibliografische Daten sind im Internet über www.dnb.de abrufbar.

Foto-Lizenzen erworben bei:
fotolia.de/WavebreakMediaMicro (Cover-vorne),
Zoonar/Ulf Jungjohann (Cover-Rückseite).
Herstellung und Verlag:
BoD – Books on Demand, Norderstedt
ISBN 9783738658781

1

Iris rollte mit dem Zug in den Bahnhof von Husum ein. Als sie die Tür öffnete und auf den Bahnsteig trat, wurde sie von einem klaren Sonnenschein begrüßt. Ihr Rollkoffer ließ sich auf den hellen ebenen Steinplatten wie von selbst ziehen. Bei der Unterführung angekommen, stellte sie den Koffer auf das Transportband, das automatisch anlief und ihr das Gepäckstück hinuntertransportierte. Ebenso kam sie die hinaufführende Treppe empor, von der sie in die Bahnhofshalle trat.

Durch die graugestrichene Flügeltür ging sie auf den Vorplatz und erinnerte sich an die Worte von Professor Greinlich: „Wenn Sie aus der Bahnhofsvorhalle treten, brauchen Sie nur geradeaus der Hauptstraße zu folgen und sich dann rechts zu halten." Iris hielt sich an diese Wegbeschreibung und bog schließlich nach kurzer Zeit in die Süderstraße ein, wo sie sich in ein Café begab und einen Irish Coffee bestellte.

Von ihrem Sitzplatz aus hatte sie durch die große Fensterscheibe freien Blick auf das große Ziegelgebäude, in dem sie in der nächsten Zeit *vor Anker gehen würde*, wie man hier vermutlich zu sagen pflegte. Über dem Eingang ihrer künftigen Unterkunft stand *Romantikhotel Altes Gymnasium*. Romantik und Schule bissen sich irgendwie, wie Iris fand, aber im Nachhinein, quasi rückwirkend, dachte sie insgesamt gerne an ihre Schulzeit zurück. Den Gedanken, wie ihre Erinnerungen wären, wenn sie durch die Abschlussprüfung gerasselt wäre, schob sie an diesem sonnigen Tag lieber beiseite. Stattdessen nahm sie einen weiteren Schluck

Kaffee und sah der Verkäuferin zu, die einer Kundin verschiedene Tortenstücke einpackte. Ein Herr in heller Jacke kam jetzt an die Reihe. Die Verkäuferin reichte ihm das bestellte Getränk und einen Teller mit einem Stück Kuchen darauf. Damit setzte der Mann sich an einen der freien Tische, richtete aber sogleich die Frage an Iris: „Haben Sie vielleicht ein Feuerzeug?"

„Feuerzeug?", war Iris überrascht, „ja, hier, bitte."
Er setzte das Feuerzeug mit dem Rand der Unterseite an den festen Verschluss seiner Flasche Orangensaft und öffnete sie mit einer geschickten Handbewegung.

Als er Iris das Feuerzeug zurückreichte, konnte sie ein leichtes Schmunzeln nicht verbergen und sagte: „Ich dachte, Sie wollen rauchen, und dann machen Sie so was. Warum haben Sie sich keinen Flaschenöffner von der Theke geholt?"

„Ich rauche nicht, und mit der Feuerzeug-Technik haben die Jungs aus dem Fußballverein immer die Flaschen geöffnet", erklärte er, „die Methode ist äußerst praktisch, Sie sollten es auch einmal versuchen."

Ohne eine bestimmte Reaktion zu zeigen, schob Iris das Feuerzeug zurück in ihre weiße Handtasche. Sie führte zumeist ein Feuerzeug mit sich, weil sie für die mineralogischen Experimente am Institut gelegentlich eines benötigte.

Den Rollkoffer hinter sich herziehend, überquerte Iris die Straße aus Kopfsteinpflaster und ging auf den Eingang des großen Ziegelbaus zu, der unübersehbar einmal eine Schule gewesen war.

Als sie an der Eingangstür ankam, wurde ihr diese von einem zuvorkommenden Hotelangestellten aufgehalten. Der ebenso freundliche Empfang an der Rezeption, die aus schwerem dunklen Holz gefertigt war, erleichterte Iris den Start in ihre neue berufliche Aufgabe, die sie zudem an einem Ort ausführen sollte, den sie bisher nicht kennengelernt hatte.

Im Hotelzimmer stellte sie ihren Koffer vor den Schrank und warf sich mit dem Rücken aufs Bett. Ihr Blick fiel auf die weiße Decke und die hölzernen Stützbalken. Erst als sie den Kopf etwas zur Seite wandte, sah sie durch das Fenster den blauen Himmel, der nur zum Teil von einer Erle verdeckt wurde, deren Blätter sich leicht im Wind bewegten, von dem sie hier drinnen jedoch nichts verspürte. Am Horizont, in dessen Richtung Iris die Nordsee vermutete, begannen sich einige helle Wolken aufzutürmen.

Es klopfte an der Tür, und jemand fragte: „Darf ich eintreten." „Bitte", antwortete Iris, „die Tür ist offen." Als der Bedienstete eintrat, lag Iris immer noch ausgebreitet auf dem Bett, ihre Schuhe waren auf dem Teppichboden verstreut. Der Bedienstete stellte sie in ein flaches Holzregal und sagte: „Ich bringe nur den Begrüßungstrunk." Als sich Iris erhoben hatte, erblickte sie verschiedene Getränke und einige verpackte Pralinen auf der Anrichte, die man sogar schieben konnte. Für rollbare Geräte hatte Iris einen Blick entwickelt, seitdem sie auf privaten wie beruflichen Bahnreisen einen Rollkoffer mit sich führte.

„Vielen Dank", sagte Iris, als der Hotelangestellte den Traubensaft mit einem Flaschenöffner trinkbereit machte. Der Bedienstete füllte ein Glas, das Iris entgegennahm, während sie sich ihre Haare mit der freien Hand nach hinten warf.

Der Hotelangestellte nahm das Wort wieder auf: „Ich empfehle Ihnen, heute noch ans Wasser zu gehen. Das Wetter ist dafür bestens einladend, und die wenigen Wolken am Horizont werden den Weg bis zum Land heute nicht mehr finden."

Mit einem verträumten und zugleich unternehmerischen Blick durchs Fenster erwog sie den Vorschlag. Als sie wieder ins Zimmer sah, war der Bedienstete bereits dabei, die Tür zu schließen. Er nickte leicht mit dem Kopf und verschwand sogleich hinter der sachte ins Schloss fallenden Tür.

Als Iris wenig später auf dem Grasdeich an der Nordsee spazieren ging, fand sie Zeit dazu, sich darüber bewusst zu werden, dass sie jetzt ganz regulär eine Geologin im Fachbereich der Mineralogie war. Vor wenigen Monaten hatte sie die Prüfungen am Kieler Institut bestanden. Noch Wochen danach drehten sich ihre Gedanken um verschiedene Abläufe und Fragen in den Prüfungen. Bei Frage 6b der Klausur in Gesteinskunde hätte sie noch zwei Begriffe ergänzen können, und bei der mündlichen Prüfung in Petrochemie wurde ihr erst zwei Wochen nach der Prüfung klar, was Professor Künkel mit seiner letzten Frage eigentlich gewollt hatte.

Aufgund ihrer zuverlässigen Arbeiten im Studium hatte sie im Labor von Professor Greinlich nach den bestandenen Examina eine Weiterbeschäftigung am Institut bekommen. Und wenn Herr Greinlich etwas von Iris` nachträglichen Grübeleien mitbekam, goss er Kaffee aus der altbekannten silberfarbenen Kanne ein und sagte: „Was wollen Sie, Iris, Sie haben bestanden, und das auf ansehnliche Weise. Was wollen Sie mehr?"

Reine Heiterkeit strömte dann durch Iris` Organismus, und mit einem weiten Lächeln richtete sie ihren Blick auf das blinkende Wasser der Kieler Förde.

Solch einen hellen Tag hatte sie auch heute, als sie in langsamen Schritten den Nordseedeich entlangging. Möwen flogen über sie hinweg, und eine von ihnen fing den Brötchenhappen, den Iris in die Luft warf, mit dem Schnabel auf. Schafe drängten sich herbei, die zu begutachten schienen, was für eine Sorte Tourist hier jetzt schon wieder entlangging.

An der Badestelle setzte sie sich in einen Strandkorb und ließ den Blick über die Weite der Nordsee gleiten. Kleine Wellen schlugen gleichmäßig auf den leicht geriffelten Wattboden, in dem sich die sinkende Sonne spiegelte.

Für die nächste Zeit stand ihr der erste richtige berufliche Auftrag bevor, bei dem sie in Vorträgen die technischen Grundlagen von Ölbohrungen und Erdölförderung in der Nordsee darlegen sollte.

Auf dem Rückweg zu ihrem Fahrrad beschäftige sie sich aber wenig mit fachlichen Überlegungen. Ein angenehm warmer Wind wehte ihr ins Gesicht und weiche Strahlen der untergehenden Sonne spiegelten sich auf ihrer Sonnenbrille, die Iris über die Stirn hochgeschoben hatte.

Am Fahrrad angekommen, hängte Iris ihre weiße Handtasche an den Lenker und machte sich auf die Rückfahrt zum Hotel. Vom Westwind angeschoben, brauchte sie nur kaum selbst zu treten. Sie glitt auf der geraden Stichstraße durch die dunkelgrünen Marschwiesen hindurch. Einzelne Schafe bewegten sich auch hier, und auf ihrer linken Seite drehte sich in rasantem Tempo ein Windrad, das nur zwei Flügel besaß.

Den Kopf in Fahrtrichtung wendend, sah sie jetzt zu ihrer Rechten größere Windräder, die Windkraftanlagen der Husumer Schiffswerft. Diese waren gewohnt mit drei Rotorblättern ausgestattet. In Form dieser Bauweise hatte Iris auf ihrer Bahnfahrt nach Husum immer wieder Gruppen aufgestellter Windräder gesehen.

Am Ortseingang holperte sie über die Bahnschienen, ruckelte geradeaus über Kopfsteinpflaster in die Süderstraße zu ihrem Hotel.

Ein Hotelangestellter nahm Iris das Fahrrad ab und stellte es in den Schuppen mit den anderen Fahrrädern, die den Gästen für touristische Unternehmungen zur Verfügung gestellt wurden.

2

Iris stand auf dem Hubschrauber-Landeplatz des Husumer Flughafens. Ein Hubschrauber senkte sich langsam auf die helle Betonfläche, als Herr van der Laahe Iris am Arm fasste, um sie zum Hubschrauber zu geleiten. Van der Laahe hielt sich den Hut fest, der drohte, von den Windturbulenzen weggeweht zu werden. Iris` hell-beigefarbener Mantel schlug sich um ihre Beine, und Haare schlangen sich um ihren Mund.

„Guten Tag, Frau Bergstein", empfing sie der Pilot, der sie mit einem kräftigen Handschlag begrüßte und ihr in den Helikopter hineinhalf. Van der Laahe nahm indes neben Iris Platz.

Es war Iris` erster Flug überhaupt, aber sie kam nicht dazu, darüber nachzudenken, ob sie Angst hatte, weil um sie herum so viel Betriebsamkeit herrschte. Der Pilot funkte mit dem Flughafen: „Delta, Omega ... Roger, Roger!", und van der Laahe unterrichtete sie über die neuesten wirtschaftlichen Expansionen der Firma Röjkjen & Schröder. Nach der Aufnahme der Ölförderung von der Landstation Friedrichskoog aus sei die jährliche Fördermenge um 70 Prozent gesteigert worden. „Siebzig Prozent, Frau Bergstein", wiederholte van der Laahe, „führen Sie sich das einmal vor Augen, siebzig Prozent." Und: „Die Branche bietet ungeahnte Möglichkeiten", fuhr van der Laahe fort, während Iris leicht nickte und den Blick in Richtung Horizont richtete, wo sich bereits das Wasser der Nordsee andeutete. Iris war überwältigt von dem Luxus, der ihr mit diesem Hubschrauberflug geboten wurde. Nach außen hin zeigte sie davon aber nichts, sondern bot die Rolle der kundigen Mineralogieexpertin, die sie schließlich ja auch war.

„Sagen Sie, Herr van der Laahe", nahm Iris jetzt das Wort auf, „welche Gesteinsschichten befinden sich eigentlich im Förderberich der Bohrinsel ´Mittelplate´?"

„Ah, die Mineralogin", antwortete van der Laahe, „Sie müssen wissen, Frau Bergstein, ich verstehe von diesen Sachen überhaupt nichts. Ich bin ausschließlich für Marketing und Logistik zuständig."

Van der Laahe nickte ernsthaft in sich hinein: „Für die fachlichen Belange haben wir Sie geholt, Frau

Bergstein. Für neue Untersuchungen der Gesteinsschichten benötigen wir Ihre speziellen Fachkenntnisse."

Sie hatten die Küste erreicht und überflogen eine Sandbank. „Sehen Sie, Frau Bergstein", sagte van der Laahe jetzt, indem er nach unten wies, „eine Robbe, nein, mehrere Robben."

Iris beugte sich hinüber und sah eine Gruppe Robben, von der sich eine gerade ins Meer hechtete.

„Die sind ja wunderschön", sagte Iris, und der Schatten ihres Hubschraubers huschte über das flache durchsichtige Wasser an der Sandbank.

Der Hubschrauber flog die Bohrinsel „Mittelplate" an. „Sehen Sie, Frau Berstein", wies van der Laahe auf ihr Landeziel, „das ist die ´Mittelplate´. Hier hat alles angefangen: Einheimische Ölförderung im großen Stil."

Drei Prozent des Gesamtbedarfs an Erdöl deckte die Förderung der Mittelplate, wie Iris aus einem Institutsbericht erfahren hatte.

Vor ihnen breitete sich ein großer Bohrkomplex aus, der, wie van der Laahe erklärte, keine Bohrinsel im eigentlichen Sinne war: „Die Förderinsel ist durch eine Stahl- und Betonwanne vollständig vom Wattenmeer getrennt, so dass Verschmutzungen des Naturraumes verhindert werden."

Jetzt setzte der Pilot zur Landung auf der Plattform an, die sich auf dem Dach des mehrstöckigen Gebäudekomplexes befand. Auf der Plattform signalisierte dem Piloten ein Mann mit orangefarbener Fahne die genaue Landestelle.

Mit wehendem Mantel und festgehaltenem Hut überquerten Iris und van der Laahe die Teerfläche

und stiegen über eine Stahltreppe auf eine windge-
schützte Dachfläche hinunter.

Per Handschlag wurden sie von Krüger, dem
Bohrchef, begrüßt, der sie in einen Raum führte,
dessen Wände vollständig mit Schaltschränken und
Kontrollvorrichtungen ausgestattet waren. Indem
Krüger ihnen Kaffee aus einer Thermoskanne ein-
goss, bat er sie, Platz zu nehmen: „Frau Bergstein,
ich begrüße Sie herzlich auf der Bohrinsel
´Mittelplate´. Herr Schelling wird gleich kommen,
mit dem Sie dann ihre anstehenden Tätigkeitsbereiche besprechen können."

Van der Laahe verabschiedete sich, und schließlich
betrat Schelling den Raum. Konzentriert und den
Kopf leicht nach vorne gebeugt, reichte er Iris mit
wenig Druck die Hand und sagte: „Jens, leitender
Ingenieur im Bereich Kontrolltechnik."
Iris stellte sich nunmehr auch vor: „Iris, Iris Bergstein. Ich bin die neue Mitarbeiterin für Öffentlichkeitsarbeit und Geokoordination."
Jens Schelling fuhr unter leichtem Lächeln fort:
„Geokoordination, klingt gut. Was hat Ihnen van
der Laahe denn bis jetzt über Ihre anstehenden
Tätigkeitsbereiche erzählt?" Iris erklärte: „Nun, ich
soll zunächst in der Region hier und später über-
regional an verschiedenen Instituten Fachvorträge
über Ölförderung halten."
„So ist er immer", sagte Schelling, indem er leicht
den Kopf schüttelte.
„Was meinen Sie damit?", wollte Iris wissen.
„Nun, das hat schon seine Richtigkeit mit den Vorträgen. Allerdings gibt es in Ihrem zweiten Aufga-

benfeld, der sogenannten Geokoordination, einiges zu tun."

„Und was gibt es da zu tun?", fragte Iris.

„Nun", wand sich Schelling zuerst um eine Antwort, „wir haben ein akutes Problem in der Rohölförderung. Ich vermute, van der Laahe hat Ihnen nichts davon erzählt?"

„Bei der Einstellung hat er mir die Vorstellungen von meiner anstehenden Öffentlichkeitsarbeit erläutert. Heute sagte er andeutungsweise etwas von Gesteinsuntersuchungen", gab Iris sachlich zurück.

„Die Herren aus der Führungsetage sprechen gewisse Themen nur mit äußerstem Bedacht an", sagte Schelling und fuhr dann sachlich fort: „Bis vor kurzer Zeit wurde das Öl aus dem Erdreich auf die Bohrinsel gepumpt und von dort mit Schiffen nach Brunsbüttel gebracht. Seit einiger Zeit sind die seitlichen Horizontalbohrungen vom Festland ins Erdreich bis hin zu den Ölvorkommen abgeschlossen. Seitdem wird der Großteil der Erdölvorkommen vom Festland, also von Friedrichskoog aus, hochgepumpt."

„Ich weiß", bestätigte Iris, „van der Laahe berichtete mir von den sprunghaft gestiegenen Fördermengen. Aber wobei haben Sie Schwierigkeiten?"

Schelling erklärte: „Es geht um eine der neun Kilometer langen Förderrohre, die von Friedrichskoog aus in die tiefgelegenen Gesteinsschichten mit dem Erdöl führen. Eines der Förderrohre scheint von den darüber liegenden Erdschichten zermalmt zu werden. Mittelfristig besteht hier Handlungsbedarf."

„Langsam beginne ich zu verstehen", nahm Iris das Wort auf, „und Professor Greinlich vom Kieler

Institut hat mich zur Bewältigung dieser Schwierigkeit empfohlen. Gesagt hat er mir davon natürlich nichts."

„Das mag sein", lächelte Schelling.

Iris schüttelte kaum merklich den Kopf und erinnerte sich an Greinlichs gelegentliche Dickköpfigkeit. Dann wurde sie aber sachlich, setzte sich auf einen der Holzstühle, fuhr mit einem Finger über eine Seekarte und sagte zu Schelling: „Zeig mir bitte die Karten über die Erdschichten und die geologische Beschaffenheit des kompletten Untergrunds hier."

„Dort drüben habe ich bereits alles vorbereitet", sagte Schelling und wies zu einem großen Arbeitstisch, der mit hereinfallendem Licht aus einem schräg darüber liegenden Dachfenster recht hell erleuchtet wurde.

Im hereinfallenden Licht sah sich Iris die Grafiken der Erdschichten an, die mit dem Seismographen aufgenommen waren und erstaunlich naturgetreu aussahen. Im unteren Bereich waren deutlich die Schichten des Speichergesteins zu sehen, in dessen Poren sich das wertvolle Gut befand.

„Faszinierend, nicht wahr?", sagte Schelling, der Iris über die Schulter sah und ihr Erstaunen bemerkt hatte.

„In der Tat", bestätigte Iris, „und von außen wird die Erdölförderung hier belächelt, weil sie nur drei Prozent des Bundesbedarfs decke."

„Kaum einer weiß, welch technischen Aufwand wir hier treiben", fuhr Schelling fort, „dreitausend Tonnen Öl werden hier jeden Tag rausgepumpt."

„Und das wird dann durch den Auspuff oder den Schornstein gepustet", sagte Iris, während sie eine

Grafik nach der anderen durch ihre Hände gleiten ließ.

„Eigentlich ein Jammer", gab Schelling hinzu, der sich unterdessen eine Weinbrandbohne genehmigte.

„Weinbrandbohnen! Die mag ich nun überhaupt nicht", zog Iris die Stirn kraus.

„Ich mag die auch nicht", erwiderte Schelling, „aber der Chef bringt die ab und zu mit, „probier doch auch mal."

Iris griff ohne Umstände zu und sagte: „Ich kann an den Grafiken nichts Auffälliges entdecken. Alle Gesteinsschichten sehen pikobello aus."

„Das war auch meine Analyse", bestätigte Schelling, „trotzdem bleibt der Rückgang an geförderten Ölmengen."

Iris nickte in sich hinein und fragte dann: „Wie sieht es mit dem Bohrteam aus? Bei großen Bohrprojekten werden doch Gruppen aus Experten zusammengestellt, die dann dafür zuständig sind, die Schwierigkeiten zu beheben."

Bei dieser Äußerung hob Schelling zum ersten Mal seine gebückte Haltung auf und erklärte: „Die Ölförderung durch die Horizontalrohre nach Friedrichskoog laufen seit mehreren Jahren gut, und vor kurzem ist die Pipeline von der „Mittelplate" nach Friedrichskoog ebenfalls fertiggestellt worden. Im Übrigen sind die aufwendigen Öltransporte per Schiff nach Brunsbüttel deswegen überflüssig geworden."

„Das ist ja alles sehr interessant, aber Schelling, du weichst meiner Frage aus", wandte Iris ein, „wann stellt sich das Expertenteam dem Problem mit dem besagten Förderrohr?"

„Nehmen Sie doch noch eine Weinbrandbohne", sagte Schelling und hielt Iris die Schachtel hin, die aber dankend ablehnte. Schließlich fuhr Schelling fort: „Es ist ganz einfach. Die Expertenkommission wurde aufgelöst, weil die Bohrarbeiten abgeschlossen waren und die Produktion einwandfrei lief. Kurzum, die Lösung der Schwierigkeiten liegt in Ihren Händen, Iris. Es liegt in Ihrer Entscheidung, gegebenenfalls ein Expertenteam zusammenzustellen."

Iris setzte sich und fragte, wo er seine Weinbrandbohnen habe, eben habe er ihr doch noch welche aufdrängen wollen. Sie stand wieder auf und ging zwei Schritte am Tisch entlang, wobei sie eine Hand über die Holzplatte gleiten ließ. Dann zog sie sich mit einem Ruck die Konfektschachtel heran und nahm sich zwei Weinbrandbohnen.

3

Iris stand in der Pumpstation, in der sich große Pleuelstangen drehten, die daran beteiligt waren, das Erdöl aus dreitausend Metern heraufzubefördern. Riesige Kolben bewegten sich auf und ab, und aus Ventilen zischte bisweilen Dampf heraus, um die Entstehung eines allzu großen Drucks zu verhindern.

Ein Mann in Arbeitsanzug kam heran, der dabei war, mit einem Lappen zunächst einen Schraubenschlüssel und dann seine Hände von Schmieröl zu befreien. Er reichte Iris das Handgelenk, das sie behutsam schüttelte.

„Seien Sie vorsichtig mit Ihrem Mantel, der bleibt hier nicht lange hell", begrüßte sie der Maschineneinrichter.

„Meine Kleidung ist wirklich mehr als unpassend", erwiderte Iris, „bitte entschuldigen Sie, ich bin gerade dabei, mich in meinen neuen Aufgabenbereich einzuarbeiten."

„Machen Sie sich da keine Gedanken, das ist schon alles in der Ordnung. Hier sind schon ganz andere feine Pinkel aufgetaucht, von ihren Behörden in unsere düsteren Regionen vorgeschickt."

„Ach was, düstere Regionen. Ich finde es sehr interessant hier", gab Iris zurück.

„Kommen Sie mit", sagte Maschineneinrichter Burgward, indem er Iris den Weg zu einem kleinen Sichtfenster wies, „durch dieses Spickfenster, kann man sehen, wie das rohe, unbearbeitete Öl aus der Tiefe heraufschießt. Sehen Sie nur, Frau Bergstein."

Iris beugte sich vor und sah im Licht eines kleinen Scheinwerfers die braunschwarze, dickflüssige Masse, die nach Millionen Jahren langen Einschlusses jetzt hier hinaufschoss.

Iris hielt den Blick eine Weile auf dem Sichtfenster, dann sah sie auf eine Digitalanzeige, auf der Werte zwischen 19 und 21 hin und her wechselten, „was wird da angezeigt?"

Burgward sah mit geschultem Blick auf die Anzeige und erklärte: „Hier wird in Abständen gemessen, wie viel Prozent Öl in der heraufgepumpten Flüssigkeit steckt."

„Ich verstehe", sagte Iris und begab sich auf die andere Seite des Pumpwerks, wo Maschineneinrichter Burgward ihr weitere Messvorrichtungen erklärte.

4

Es war am nächsten Morgen, als ihr van der Laahe die Hand reichte, um Iris das Betreten des Motorbootes zu erleichtern.

„Wenn Sie dort nach Steuerbord gucken", sagte van der Laahe, „erkennen Sie in der Ferne bereits die Landstation Friedrichskoog". Iris wandte sich nach rechts und ließ den Blick über die Weite des Wattenmeers gleiten. „Danny, Sie können ablegen", rief van der Laahe dem Bootsführer zu.

Unter einem leisen Motorgeräusch glitten sie in die Fahrrinne, die ihnen den Weg durch das Watt zum Festland bahnte. An den Seiten setzten Seevögel auf dem Meeresboden auf, um nach Wattwürmern zu picken. Neben dem Boot kreisten Möwen, die darauf hofften, einige Brotkrümel zu ergattern. Als Iris in die Tasche fasste, um nach etwas Brauchbarem zu Fressen für die Möwen zu sehen, fasste van der Laahe sie am Arm und sagte: „Lassen Sie das besser. Diese Vögel sind aufdringlich. Man wird sie nicht mehr los, und außerdem werden sie Ihren Mantel nicht mit Exkrementen verschonen."

„Das ist mir egal", sagte Iris und warf den Möwen etwas von ihrem Müsliriegel zu.

„Was soll es auch", sagte van der Laahe, lehnte sich in seinen angenehm geformten Sitz zurück und schloss die Augen, um die aufkommende Wärme der Morgensonne zu genießen.

„Ich wusste gar nicht, dass Sie so entspannt sein können", sagte Iris, die weitere Stücke des Müsliriegels mit den Fingern zerbröselte.

„Ich auch nicht", sagte der Marketing-Chef und streifte seine Sandalen auf dem Boden ab. Iris setzte sich auf den zweiten Sitz und legte die Füße auf die Bootswand vor ihnen. Der milde Fahrtwind wehte Iris ins Gesicht und ließ ihre langen Haare im Wind wirbeln.

- „Iris, sind Sie noch da?"
- „Nein."
- „Wissen Sie, eigentlich wollte ich Ihnen jetzt von den weißen Pralinen anbieten, die da vorne in dem Handschuhfach liegen. Und außerdem hat Danny Sekt bereitgestellt."
- „Sekt? Pralinen?", sagte Iris lachend.
- „Ich denke, wir lassen das", erwiderte van der Laahe.
- „Ja, wir lassen das besser", entgegnete Iris und öffnete das Handschuhfach.

Indem sie eines der weißen Konfektstücke im Munde zergehen ließ, bemerkte sie: „Und ich hatte mich schon fast an Weinbrandbohnen gewöhnt."

„Gehen Sie mir mit Weinbrandbohnen", entgegnete der Marketing-Chef, „die muss ich dem Bohrchef Krüger immer vom Festland mitbringen, eine bestimmte Sorte von einer bestimmten Handelskette, und dann immer gleich kartonweise."

„Der Bohrchef kommt wohl nicht so oft aufs Festland", sagte Iris. „Er könnte, wenn er wollte", antwortete van der Laahe, „aber er denkt immer: Wenn er die Bohrinsel auch nur kurz verlässt, bricht gleich alles in sich zusammen."

Iris nickte und dachte an die komplizierten Mechanismen, die ihr der Maschineneinrichter gestern erklärt hatte.

Danny beschleunigte jetzt. Hinter ihnen bildeten sich starke Wellen, die mächtig auf den Wattboden neben der Fahrrinne strömten, dass die Wildvögel hinwegstoben.

„Wissen Sie was, Fräulein Iris", nahm van der Laahe das Gespräch wieder auf.

„Ja", entgegnete Iris.

„Das ist ein regelrechter Pril, in dem wir hier entlangfahren", erklärte der Marketingchef, „wussten Sie das?"

„Ja das weiß ich", antwortete Iris, „meine Grundschullehrerin hat sonnabends immer Geschichten vorgelesen. Und da kam auch ein alter Schiffer vor, der durch Prile zum Leuchtturmwärter fuhr und in den Steinbefestigungen des Leuchtturms Hummer einsammelte, die seine Frau am Abend zubereitete."

„Sieh mal einer an", sinnierte van der Laahe vor sich hin, indem er den großen Zeh des einen Fußes mit seinem anderen Fuß kratzte.

„Aber ich war eine schlechte Zuhörerin", fuhr Iris fort, „ich bin mit den Gedanken immer abgedriftet."

Iris ließ ihre Hand jetzt über dem Wasser entlanggleiten. Als Danny eine leichte Enttäuschung auf ihrem Gesicht sah, nahm er sogleich Gas weg. Langsam glitt das Boot durch den Pril, so dass Iris ihre Hand ganz ins Wasser eintauchen konnte und das frische, aber leicht warme Wasser an den Fingern und am Unterarm fühlte. Mit der anderen Hand winkte sie Danny leicht zu, der mit einem geübten Sommerblick antwortete.

„Van der Laahe?", fragte Iris, „bist du noch da?"

„Ja", entgegnete er, indem er ein leichtes Lachen nicht verbergen konnte.

„Fährst du mit mir zu einem Leuchtturm? Da kannst du mir dann ja die ganzen Prile und so weiter erklären", sagte Iris, die ihr Gesicht mit geschlossenen Augen in die Sonne hielt.

„Selbstverständlich fahre ich mit Ihnen zu einem Leuchtturm", versicherte der Marketingchef.

Das Boot legte an, Danny warf die Leine aus, und ein Wagen brachte die beiden Ölexperten zur Pumpstation in Friedrichskoog.

Ein Herr in weißem Kittel kam ihnen entgegen: „Ich habe Sie bereits erwartet. Guten Tag, Frau Bergstein, guten Tag, Herr van der Laahe. Ich hoffe, Sie hatten eine gute Überfahrt."

„Alles bestens", bestätigte der Marketingchef.

Bei dem Gang durch das Gelände kamen sie an einigen Rohrsystemen und drei übergroßen Ölbehältern vorbei. Nichts war hier davon zu sehen oder zu ahnen, dass unter der Erde bis zu neun Kilometer lange Rohre verliefen, die zu dem wertvollen Gut unter dem Meeresboden führten.

Den Gästen die Bürotür öffnend, erklärte der Werksleiter: „Der andere Teil des Öls wird durch Pipelines von der Mittelplate hierher gepumpt. Unsere Aufgabe besteht darin, das Öl von Gas und Wasser zu trennen."

Iris sagte: „Auf meiner Anfahrt nach Husum habe ich neben der Bahnstrecke Pipelines gesehen. Wie hängen diese mit der Pumpstation hier zusammen?" „Nun, damit verhält es sich so", griff der Werksleiter ihre Frage auf, „das vorgereinigte Öl wird über die Transportleitung zu verschiedenen Abnehmern nach Brunsbüttel gepumpt, parallel dazu verläuft die Gas-Pipeline. Ein Teil des Öls wird weiter zur Raffinerie nach Heide geleitet." "Ja", sog Herr van der Laahe zufrieden Luft ein, "unser ausgebautes System ist jetzt voll in Funktion."

"Frau Bergstein, Sie baten um seismographische Karten über den Büsumer Salzstock", begann der Werksleiter jetzt, "mein Assistent, Herr Jensen, hat für Sie alles herausgesucht und bereitgelegt."

"Das ist sehr zuvorkommend", entgegnete Iris und reichte dem Assistenten die Hand. Mit einem Blick überflog sie die Mappe und steckte sie dann in ihre umgehängte Tasche.

Nach einer weitergehenden Besichtigung der Pumpstation, bei der sie vom Werksleiter wie von van der Laahe zuvorkommend begleitet wurde, verabschiedete man sich kurz voneinander. Iris, die es als Studentin - so fühlte sie sich jedenfalls noch - gewohnt war, mit Bus und Bahn unterwegs zu sein, lehnte vorschnell Herrn van der Laahes Angebot ab, sie mit dem bereitgestellten Firmenwagen zurück nach Husum zu bringen.

Also befand sie sich kurz darauf an der Bushaltestelle von Friedrichskoog. Junge Mütter schlurften mit Flipflops an ihnen vorbei, und Kinder zogen Badebretter hinter sich her.

Iris sah sich nach dem Fahrplan um. Zunächst erkannte sie die Verbindungen in Richtung Büsum, aber sie wollte mit dem Bus nach Sankt Michaelisdonn und dann mit der Bahn weiter nach Husum. Auf der Rückseite des Schildes fand sie den Plan in Richtung Sankt Michaelisdonn. Sie sah auf ihre Armbanduhr (von ihrer Freundin Katja hatte sie diese geschenkt bekommen): Es war halb zwei. Mit

21

dem Finger fuhr sie über den Fahrplan: 13.38 Uhr stand da. *Das passt ja ausgezeichnet*, dachte Iris für sich.

Sie lehnte sich an einen Pfeiler, ging ein wenig auf und ab, da waren die acht Minuten auch schon um. Um 13.42 Uhr kam der Bus immer noch nicht. *Busse haben leicht Verspätung, das geht ruck zuck.* Iris erinnerte sich daran, dass sie in Kiel im Winter einmal eine dreiviertel Stunde auf den Bus hatte warten müssen.

Als der Bus immer noch nicht eintraf, sah sie schließlich noch einmal auf den Plan. Sie hatte sich geirrt: versehentlich hatte sie auf den Plan für sonntags gesehen. Sie sah ein Stück höher, wo die Abfahrtszeiten für die Wochentage aufgeführt waren. Erleichtert las sie, dass die nächste Fahrt für 13.48 Uhr angegeben war. Zwei kleine Sternchen standen allerdings daneben. Unter der Tabelle fand sie die Erklärung dafür, was zwei Sternchen bedeuteten: Bus fährt nur zur Schulzeit. *Schulzeit? War jetzt noch Schule? Hatten die Ferien bereits begonnen?* Vor zwei Tagen hatte sie – noch in ihrer Kieler Wohnung – eine Postkarte von ihrer kleinen Schwester Mareike erhalten: Darauf standen schöne Grüße von der Nordseeinsel Amrum, wo Mareike gerade mit ihrer Freundin Catherine und deren Eltern für zwei Wochen Urlaub eingetroffen war.

Es war Ferienzeit, der Bus um 13.48 Uhr fuhr also nicht. Hinter der nächsten Zeit für wochentags standen keine Sternchen, Kreuzchen oder sonst etwas. *Na also*, aber während sie diese beiden Worte noch zu Ende gedacht hatte, erkannte sie bereits die von oben auf sie herabdrohende Zahlenkombination. 15.06 Uhr stand da. Nüchtern und unglaublich zugleich.

Erst jetzt wurde ihr bewusst, dass sich niemand außer ihr auf der Bushaltestelle befand. *Die Leute kannten natürlich den Fahrplan!* Oder: *Kein Schwein fährt hier Bus! Das sind alles Musterfamilien, die ganz ordnungsgemäß urlauben. Da packt man zu Hause - ich sage mal in Berlin - den Kofferraum des BMW´s voll, legt oben noch den Badeanzug drauf, der fast vergessen wurde; der Familienvater fährt, man schließt die Augen, und wenn man die Augen wieder aufmacht, ist man in Friedrichskoog, dem idyllischen Familienurlaubsort an der Nordsee, angekommen.*

Eine Familie, Mutter, Vater, Kind, letzteres mit einer aufblasbaren Ente in den Armen, bestellte sich an dem Kiosk neben der Bushaltestelle verschiedene Eis am Stiel. „Brauner Bär", hörte sie den Mann sagen. Iris tat es ihm nach und bestellte sich auch einen „Braunen Bär". In Hagenbeck´s Tierpark hatten sie und ihre Schwester vor vielen Jahren von ihrem Onkel beide einen „Braunen Bär" ausgegeben bekommen. Als sie auf die Karamellfüllung in der Mitte stießen, mit der sie nicht gerechnet hatten, warfen sie ihre beiden Eis in den Papierkorb. Heimlich und nicht ohne schlechtes Gewissen. Aber schon kurz darauf wurde den beiden klar, wie interessant und lecker das Eis eigentlich gewesen war. Noch im selben Sommer wurde der „Braune Bär" das Lieblingseis der jungen Iris und der noch kleineren Mareike.

Ab und zu sah Iris einige Jahre später Leute in einem braunen T-Shirt, auf dem das Logo des „Braunen Bärs" abgebildet war. Und im Neckermann-

Katalog hatte sie dieses T-Shirt einmal gesehen. Solche Nostalgiehemden gibt es auch mit dem Zwiebackbaby und anderen Motiven. Die Sanostolkinder hatte sie noch nicht auf einem T-Shirt gesehen.

Iris sah auf die Uhr: sie zeigte 13:56 Uhr an. Iris begann zu rechnen, wie viel die Wartezeit betrug, aber das war aussichtslos: während sie noch rechnete, merkte sie, dass ihr kühl geworden war. Indem sie den leicht verschwitzten Stoff ihrer dünnen Bluse fühlte, strich ein kühler Wind um die Ecke des Kiosks. Sie tastete in ihre Umhängetasche und war froh, als sie ihre dünne Stoffjacke fand, die sie morgens auf dem Boot angehabt hatte. Erleichtert zog sie die Jacke über ihrer weißen Bluse an. Eigentlich war es ein wunderschöner Tag: die Sonne schien, es gab bestimmt viele Stellen, an denen kein kühler Wind wehte, die Menschen waren friedlich, aber eines fehlte: Iris war nicht nach Urlaub zu Mute. Das lag gar nicht einmal daran, dass sie beruflich hier war, der Grund bestand darin, dass sie den Bus verpasst hatte. Das heißt: sie hatte ihn ja gar nicht verpasst, aber es kam ihr so vor, denn sie fühlte sich genau so, als ob ihr eine Bahn vor der Nase weggefahren wäre, und die nächste würde erst eine Stunde später fahren. Es gibt auch Verbindungen, bei denen der nächste Zug erst zwei Stunden später fährt.

Aber sie versuchte sich dann doch als Urlauberin. Sie ging auf den Deich und setzte sich auf eine Bank. Sie sah an sich herunter. Sie trug weiße Pumps mit recht langen Absätzen, einen mintfarbenen Kostümrock und ihre weiße Bluse. Vor ihr - ein Stück tiefer auf dem Rasendeich - lagen die Ur-

24

lauber. Ein Schwabbelbauch drückt sich aus der engen Badehose, eine Frau hat sich im Übermut der ersten Urlaubstage einen Sonnenbrand auf den Schultern zugezogen, ein Junge spielt mit der Taucherbrille auf der Stirn mit einem Wassereimer.

Sie trug zwar sommerliche Kleidung, kam sich aber dick angezogen vor, wie Motorradfahrer, die sich in Westerland mit Lederjacke und Motorradstiefeln an den Strand setzen; denn das, was sie trug, war ihre Berufskleidung. Im Urlaub zog sie doch andere, losere Sachen an.

Sie ging in einen kleinen Supermarkt, in dem sie sich eine Selter und eine Tüte mit Brioches kaufte. Wenn Iris sich Brioches oder ähnliches, weiches Hefegebäck kauft – zum Beispiel Campingwecken beim Bäcker – denkt sie meistens an ihre Frankreichtour, bei der sie gemeinsam mit ihren Bekannten nahezu den ganzen Kofferraum voll mit Brioches gehabt hatte. Man musste sich ja für die Rückfahrt von Bordeaux bis nach Hause verpflegen.

Da Iris` Umhängetasche zu schmal war, musste sie die Selterflasche und die Brioches in einer Plastiktüte verstauen. Die würde sie jetzt für den Rest der Zeit mit sich herumschleppen müssen.

Sie kam wieder an dem Kiosk vorbei. Noch ein Eis wollte sie nicht essen. Sie ging zum angeschlossenen Imbiss und kaufte sich die unvermeidliche Portion Pommes Frites, obwohl sie gar keinen Hunger darauf hatte. In der Ecke, in der sie sich hinsetzen wollte, zog es erneut. Sie klappte sich den knappen Kragen der Stoffjacke hoch und blieb dort sitzen. Als sie auf Toilette gegangen und zur Bushaltestelle zurückgekehrt war, sah sie den Bus tatsächlich schon abfahrbereit stehen. Sie winkte heftig, in der Hoffnung, dass der Fahrer sie im Rückspiegel sah. Im vollen Tempo rannte sie zur Tür - und sie hatte Glück - die Türen wurden noch einmal geöffnet und sie konnte vorne einsteigen. Für den Kauf einer Karte blieb vorerst keine Zeit, der Fahrer ruckte an, und Iris musste zusehen, dass sie sich bei den ständigen Kurven gut festhielt. Als Iris auf die Uhr sah, stellte sie fest, dass die Abfahrtzeit, also 15.06 Uhr, noch gar nicht erreicht war. Sie erinnerte sich daran, dass Busse durchaus nicht immer warteten, bis die eigentliche Abfahrtzeit eingetreten war. Als ihr der Fahrer beim nächsten Halt die Karte löste, setzte sie sich mit immer noch etwas pochendem Puls auf einen Sitz. Schweiß rann von der Stirn, und einige Haarsträhnen klebten an ihr fest. Ihr Blick streifte über die vorbeifahrenden Kornfelder und Windräder der flachen Landschaft.

Beim Halt in Marne erfuhr sie, dass sie umsteigen musste. Es traf allerdings nur ein Kleinbus ein, und eine Gruppe junger Leute stand an der Haltestelle. „Fährt der Bus nach Sankt Michel?", fragten sie Iris? Der Busfahrer bejahte die Frage durchs offene Fenster. Einer der jungen Leute hatte ein Fahrrad dabei, ein 28er Rad mit hochgebogenem Lenker, das wollte der im Bus mitnehmen. Die Gruppe samt Iris zwängte sich in den Kleinbus. Das Fahrrad nahmen sie quer mit hinein, aber die Schiebetür ging schließlich zu. Das gedrehte Vorderrad drückte Iris während der ganzen Fahrt gegen das Schienbein. Selbstverständlich wurde an solch einem heißen Sommertag das Dachfenster geöffnet, und der Fahrer hatte seines ebenfalls auf, so dass ein unangenehmer Zug für Iris entstand. Die jungen Leute sprachen über die Party, zu der sie am Abend wollten. Zur Party in Sankt Michel, wie sie ihren Zielort mehrmals nannten.

Die Plastiktüte mit der Selter und den inzwischen wahrscheinlich vollständig zerdrückten Brioches hatte sie auf ihrem Schoß. Die Wasserflasche presste sich in ihren Oberschenkel – und dass sie eine tiefgekühlte erhalten hatte, machte sich auch jetzt noch deutlich bemerkbar. Durch das Seitenfenster knallte ihr die Sonne auf Gesicht und Nacken.

Als sie in Sankt Michel, wie die jungen Leute erneut sagten, am Bahnhof ankamen, hörte Iris beim Öffnen der Schiebetür den bereitstehenden Zug schon aufbrummen. Die Abfahrtszeit kannte sie nicht. Den Leuten bei Bus und Bahn war zuzutrauen, dass sie die Ankunfts- und Abfahrtszeiten nicht aufeinander abstimmten; oder womöglich absichtlich so, dass man den Anschluss jeweils knapp verpasste. Das kannte Iris zur Genüge. Ohne Zeit für eine Verabschiedung von den netten Jugendlichen nahm sie ihre Taschen in die Hand, rannte zunächst die Unterführung hinunter und dann die Treppe zum Bahnsteig hoch. Auch hier klappten die Türen bereits zu, aber der Schaffner stand noch auf dem Bahnsteig und ließ Iris die Tür noch einmal öffnen. Zu wundern genug, dass die Tür überhaupt aufging, bei modernen Zügen geht das gar nicht mehr.

Iris schob die Tür eines leeren Sechserabteils auf und warf sich in den Sitz. Ihre Oberschenkel brannten vom Hochlaufen der Treppe, und sie war noch stärker außer Atem als bei der Abfahrt des

Busses in Friedrichskoog. Erst nach einer Weile war sie in der Lage, etwas zu trinken. Inzwischen war die Selter lauwarm geworden.

Iris zog sich die lästige Stoffjacke aus und zupfte die Bluse an ihrem Oberkörper. Diese klebte nun vollständig. Jetzt, wo das Gröbste der Anstrengung abgeklungen war, rutschte sie im Sitz weit nach unten - fast wie im Kino -, Arme und Beine streckte sie weit von sich. Der Schaffner, der kurz darauf die Abteiltür öffnete und sie eine Karte nachlösen ließ, ersparte ihr eine Bemerkung.

Das Hotel in Husum besitzt ein eigenes Schwimmbad. Es befindet sich in der alten Turnhalle, aber zu erkennen ist von der Turnhalle nur noch kaum etwas. Oben kann man wie von einer Loge auf die Wasserfläche hinuntersehen: Ob man es wagen könnte, von hier hinunter ins Wasser zu springen? Dort befand sich Iris nach ihrer Rückkehr vom Bahnhof jedoch nicht. Sie lag weit ausgestreckt auf dem Bett und spürte ihre schwerelosen Knochen. Sie musste lachen, als sie daran dachte, wie Herr van der Laahe sie am Vormittag mit dem Motorboot von der Bohrinsel ans Festland gebracht hatte. Und dann diese Tortur bei der Rückfahrt mit dem Bus und der Bahn.

Iris öffnete ihren Koffer, den sie noch nicht vollständig ausgepackt hatte. Sie nahm ihren hellblauen Lieblingsbikini heraus, der mit kleinen Sommerblumen bedruckt war. Das Unterteil bestand hinten aus deutlich weniger Stoff als vorne. Das Tragen dieses Bikinis gab ihr ein angenehmes Gefühl, das sie auch jetzt verspürte, als sie ihn anzog und sich den Slip hinten zurechtzog.

Iris zog sich einen weißen Bademantel an und legte sich ein Handtuch über die Schulter. Im Schwimmbad lagen einige Leute auf den Liegen, andere zogen ihre Bahnen, und Kinder sprangen platschend von den Startblöcken ins Wasser. Iris legte ihren Bademantel und das Handtuch auf eine freie Liege, grüßte die umliegenden Leute und begab sich zur Dusche, dessen weicher Strahl eine Wohltat für ihre angestrengten Muskeln war. Sie ging vorüber an den Leuten zur Treppe und begab sich Stufe für Stufe langsam ins Wasser. So angenehm hatte sie beim Schwimmen das am Körper entlanggleitende Wasser nur selten verspürt. Bei der Fahrt im Kleinbus hatte ihr die Armlehne der Seitentür immer wieder in die Hüfte gedrückt; jetzt strömte Wasser hinüber und ließ Iris diese anstrengende - im Nachhinein fast witzige Fahrt - beinahe schon vergessen.

5

Iris setzte sich telefonisch mit dem Landesbergamt Clausthal-Zellerfeld in Verbindung. Alle bautechnischen Eingriffe in die Förderanlagen der Bohrinsel *Mittelplate* waren mit dieser Behörde zu koordinieren, da die Bohrinsel inmitten des Nationalparks *Schleswig-Holsteinisches Wattenmeer* lag. Professor Gronewohld vom Zellerfelder Institut sagte Iris zu, ihr die gewünschten geologischen Übersichtskarten zuzusenden.

Am Abend betrat Iris das Husumer Rathaus zu ihrem ersten Vortrag über Ölförderung in der Nordsee. Das Rathaus war auf den ersten Blick nicht als solches zu erkennen. Es war in seinen modernen Formen aus Glas, Metall und Stein im Stil einer Schiffswerft gebaut. Eine alte original erhaltene Anlage für Stapelläufe von Schiffen führte direkt vom Rathaus schräg hinunter zum Wasser.

In der Vorhalle standen Leute an Stehtischen und stießen mit Sektgläsern an; einige bedienten sich mit Salzstangen, die in Gläsern bereitgestellt waren. In ihrem dunkelfarbigen Kostüm war Iris schnell als die Vortragende des Abends ausgemacht. Ein Herr in feinstem Anzug bot ihr ein Glas Selter und stellte sie verschiedenen Husumer Wirtschaftsvertretern vor. „Jetzt wollen wir aber nicht unnötig Zeit verrinnen lassen, sondern Ihnen zuhören, was Sie uns über den neuesten Stand der Ölindustrie vorzutragen haben", geleitete er Iris in den Vortragsraum mit bereitgestelltem Overheadprojektor.

Iris Verstand es, bei ihrer Darstellung die richtige Waage zwischen mündlichen Erläuterungen und visuellen Veranschaulichungen anhand von Folien zu halten. Sie erntete anerkennendes sowie verstehendes Nicken, dezenten Beifall oder wurde durch sachkundige Zwischenfragen um Präzisierung gebeten. Wie bei den ersten vorangegangenen Vorträgen, die sie noch in Kiel gehalten hatte, schloss sie auch diesmal mit der Information: „Der Ersatz der Öltransporte per Schiff durch Pipelines verkürzt die Gesamtförderdauer um rund 10 Jahre." Entsprechend früher könne mit dem Rückbau der *Mittelplate* begonnen werden, was den Forderungen von Umweltverbänden entgegenkomme.

Als Iris nach der Veranstaltung gemeinsam mit einigen Wirtschaftsvertretern auf den hellerleuchteten Vorplatz trat, sah sie einige Leute im Halbkreis vor ihnen stehen. Dem Mann neben Iris klatschte etwas gegen die Brust, schon traf Iris etwas an der Schulter, dann im Gesicht. „Schluss mit dem Bohr-Wahnsinn!", rief jemand aus dem Halbkreis, „stoppt die Ausbeutung unserer natürlichen Ressourcen", legte jemand anderes nach. Die Leute drängten auf Iris und ihre Begleiter zu, und jemand wollte sie am Arm packen, da kamen Leibwächter herbei und geleiteten Iris und die anderen Vortragsteilnehmer in die Eingangshalle des Rathauses zurück. Iris setzte sich auf einen Kunstledersessel und fasste sich ins Gesicht. Herr Bruhnsen, der Koordinationschef, begab sich zu ihr: „Geht es Ihnen gut, ist alles in Ordnung?" „Ich weiß nicht recht", entgegnete Iris, während sie sich ins Gesicht fasste, um herauszufinden, wovon sie getroffen worden war. Sie sah auf ihre Hand, und im selben Moment wie Bruhnsen erkannte sie: „Es ist Tomate, ich bin mit einer Tomate beworfen worden." „Ja, sehen Sie her", erwiderte Bruhnsen, indem er auf die flüssig-schmierige Masse in seiner Hand wies, „bei mir war es ein rohes Ei." „Glücklicherweise sind Sie nicht am Kopf getroffen worden", beruhigte Iris und musste, genau wie er, etwas über die unwirkliche Szene lächeln. Zugleich fühlte sie aber ein leichtes Ziehen in der Schläfengegend und zog die Stirn kraus. „Warum haben die das getan?", fragte sie Bruhnsen. „Das sind eben Öko-Fuzzies, Spinner halt", entgegnete er. „Das glaube ich nicht", meinte Iris, indem sie sich die letzten Tomatenreste aus dem Gesicht wischte, „die müssen doch einen Grund haben." „Was weiß ich?", wehrte er ab und scharrte mit den Füßen auf

den Fliesen, „die stählerne Schutzwanne rund um die Mittelplate herum ist absolut dicht. Die lässt nichts durch. Kein Wasser, kein Öl, nichts."
„Demnach müssten die Umweltschützer doch eigentlich zufrieden sein", überlegte Iris. „Meine Rede", bestätigte Bruhnsen, „aber bei den Öko-Spinnern weiß man nie." „Sie sind unfair", sagte Iris", „die riefen etwas von Bohr-Unsinn und Ausbeutung der natürlichen Ressourcen."

Während Iris noch in diesen Gedanken war, kam der Stadtrat von der Seite hinzu, legte ihr einen Mantel um, denn es war kühl geworden, und geleitete sie, sich wiederholt entschuldigend, zu einem Taxi, das sie ruhig zu ihrem Hotel brachte.

Als sie sich aufs Bett legte und ihre Badesachen sah, die sie zum Trocknen über die im Sommer selbstverständlich abgestellte Heizung gelegt hatte, hätte sie gerne an Sonne, Strand und Palmen gedacht. Stattdessen wechselten die Gedanken zu ihrem Schlusssatz, mit dem sie, wie auch am heutigen Abend, ihre Vorträge abzuschließen pflegte: *Das Ersetzen der Öl-Transportschiffe durch die unterirdischen Pipelines nach Friedrichskoog verkürzt die Gesamtförderungsdauer um zehn Jahre.*

Bei halb geschlossenen Augen glaubte sie einen der Demonstranten zu sehen; jedenfalls schallte seine Stimme in ihrem Kopf: *Ölmagnaten-Pack ...- Verschwendung ...- Fossilienraub.*

Am nächsten Morgen hatte sie berechtigte Hoffnung darauf, dass sich ihre vorabendliche Sehnsucht nach Sonne, Strand und Meer erfüllen konnte. Eine Fahrt zu einem Vortrag auf der Nordseeinsel Amrum stand auf dem Programm, wozu sie sich eben zu Fuß in Richtung Bahnhof auf den Weg gemacht hatte. Das bevorstehende und drängende Sanierungsprojekt auf der Bohrinsel einerseits und die wütenden Demonstranten andererseits hatten sie in eine gewisse Unruhe versetzt. Im Buchladen des Bahnhofs fiel ihr Blick auf Broschüren mit Titeln über Umweltschutz: Schafe weiden auf begrasten Deichen, in deren Hintergrund Leuchttürme heraufragen. *Wir beachten mit der Mittelplate doch alle Umweltvorschriften. Kein Tropfen Öl kann entweichen, kein Öl ist bisher ausgetreten.* Neben ihr blätterte jemand in einer Zeitschrift, auf der Sonnenkollektoren abgebildet waren; große, schräg stehende Platten mit Solarzellen, die in der Wüste der Sahara aufgestellt sind. Iris warf einen Blick hinein, als der Mann unvermittelt den Kopf zu ihrer Seite wandte. „Hallo", sagte Iris, „sie sind doch der Herr, dem ich neulich im Café mein Feuerzeug geliehen habe, stimmt´s?" Sie kurz musternd, bejahte er und schloss verlegen die Zeitschrift. „Das braucht Ihnen doch nicht peinlich zu sein", fuhr Iris fort, „Sonnenenergie – das ist doch hoch interessant, darüber würde ich gerne mehr erfahren." „Tatsächlich?", erwiderte der Mann in der hellen Jacke und schlug eine Seite auf, „hier, sehen Sie mal, mit Hilfe dieser Kollektoren könnte man ..." Aber auf die Uhr sehend, unterbrach Iris ihn: „Bitte entschuldigen Sie, mein Zug fährt gleich, und ich möchte nicht wieder auf den letzten Drücker einsteigen." „Verstehe", sagte er. „Vielleicht auf ein anderes Mal", entgegnete Iris und verschwand mit leichter Handbewegung im Pulk der Menschenmenge.

6

Iris saß auf dem Sonnendeck der Fähre nach Amrum. Die Sonne schien, Möwen kreisten, Urlauber in Bermuda-Shorts saßen und gingen um Iris herum. Sie hatte eine Sonnenbrille auf und ließ die Sonne auf ihr Gesicht scheinen. Ihre Gedanken waren aber bei den geologischen Spezialkarten, die ihr Professor Gronewohld aus Clausthal-Zellerfeld zukommen lassen wollte. Sie, Iris, sollte für Sicherheit der Bohrinsel sorgen und saß hier auf einem Touristendampfer; zur Ruhe kam sie dabei selbstverständlich nicht. An die Möglichkeit zu schwimmen dachte sie, aber dadurch hätte sie die Karten auch nicht schneller, und der Vortrag auf Amrum musste auch erst noch gehalten werden.

Sie wählte auf ihrem Handy die Nummer von van der Laahe, der sie wegen der technischen Probleme auf der Ölplattform zu beruhigen versuchte. „Wir hoffen, dass die Probleme nicht so akut sind, schließlich messen wir die Störungen schon seit zwei bis drei Monaten", schallte es in Iris` Ohr, „halten Sie nur heute Abend in Ruhe Ihren Vortrag und machen Sie sich morgen einen schönen Tag am Strand. Danach wartet genügend Arbeit auf Sie." Iris steckte das Handy ein wenig erleichtert in die Handtasche und legte ihre Füße auf die gegenüberliegende Bank, was sogleich eine Frau mit Hund missbilligte, so dass Iris sie wieder herunternahm. An der Steuerbord-Seite sah sie jetzt auf die Häuser und den schmalen Strand der Insel Föhr. Das Wasser war nicht einwandfrei sauber, wie sie feststellte. Amrum ist der Insel Föhr vorgelagert, so dass Föhr nicht direkt am offenen Meer

liegt; dies schien sich auf die Wasserqualität aus-
zuwirken, überlegte Iris.

Mit ihrem Rollkoffer strömte sie inmitten der Rei-
senden von Bord und erkundigte sich nach ihrer
Unterkunft und der Nordseehalle, wo sie in wenigen Stunden ihren Vortrag halten sollte. Erleichtert
stellte sie fest, dass ihre Pension ohne Weiteres zu
Fuß zu erreichen war und die Nordseehalle quasi
nur einen Steinwurf weit entfernt davon lag.
Am späten Nachmittag trug sie ihren dunkelblauen
Kostümrock mit passendem Jackett und weißer
Bluse. Ihre weiße Handtasche hatte sie elegant über
ihrer Schulter hängen. Wie in Husum wurde sie
auch hier höflich von den Offiziellen empfangen
und durch zahlreiche Händedrücke willkommen
geheißen. Aber die Beschwingtheit kam ihr zumin-
dest zum Teil etwas gespielt, aufgesetzt vor. Der
Vortrag lief ganz nach ihren Wünschen und sie hatte Spaß daran, leicht in ihrem Konzept zu variie-
ren, so dass sie das Gefühl hatte, mit den Zuhörern
spielen zu können, obwohl es sich hier ja eigentlich um ein eher trockenes Thema handelte.
Als sie gerade eine Folie wechselte, öffnete sich
eine Tür. Aufgebrachte Leute in Arbeitskleidung
drangen in den Saal. Der Wachtposten hatte, alleine
wie er dastand, keine Möglichkeit, sie zurückzuhal-
ten. Iris hielt instinktiv eine Hand vor ihr Gesicht,
da flog auch schon etwas in ihre Richtung. Da sie
sich aber rechtzeitig bückte, flog der Gegenstand
gegen die Projektionsfläche, auf der eine ihrer Grafiken zu sehen war. „Verdammte Ölindustrie", rief
jemand, und aus einer weiteren Äußerung war
ebenfalls das Wort „verdammt" zu hören. „Nun

beruhigen Sie sich doch", versuchte Iris zu schlichten, und dies durchaus aus Gründen des Selbstschutzes, denn von solch einem teerigen Lappen, oder was es war, wollte sie nicht im Gesicht getroffen werden.

„Wissen Sie überhaupt, was uns die Ölwirtschaft zugefügt hat?", erklärte ein Mann mit ernsthafter Stimme. Iris schüttelte leicht den Kopf.

„Nach dem letzten Tankerunglück musste ich meinen Fischereibetrieb schließen", antwortete er.

„Ach so, ich erinnere mich", sagte Iris, „Sie meinen die Ölkatastrophe hier vor Amrum."

„Ja, davon reden wir", fuhr ein anderer der Demonstrierenden fort, „wir sprechen von dem Tankerunglück, bei dem über zwanzigtausend Seevögel umgekommen sind."

Jetzt mischte sich der hiesige Vortragskoordinator ein und sagte: „Das mit den Seevögeln ist eine traurige Sache, aber durch staatliche Unterstützungsgelder wurde eine Schädigung der regionalen Fischereibetriebe weitgehend verhindert."

„Weitgehend, das klingt ja nett. Mein Sohn und ich mussten die Fischerei aufgeben, weil wir im Gegensatz zu den meisten Fischläden direkt Fisch von der Amrumer Küste vertrieben haben, und den wollte nach der Ölpest niemand haben."

Der Koordinator versuchte zu besänftigen: „Das tut mir ja aufrichtig Leid; aber was haben wir damit zu tun? Nicht wahr, Frau Bergstein?" Iris bewegte leicht Kopf und Schultern. Der Vortragskoordinator fuhr fort: „Frau Bergstein hält heute lediglich einen Vortrag über Produktivität und Effizienzsteigerung der Mittelplate; und die Mittelplate ist bekanntlich absolut unfallsicher."

Iris bestätigte: „Das stimmt, die gesamte Bohrinsel ist von einer dichten Stahlwanne umgeben, da tritt kein Öl aus."

Der Fischer nahm wieder das Wort auf: „Uns geht es um den Ölwahnsinn insgesamt. Der Unfall damals hat uns die Augen geöffnet. Und Sie, verehrte Dame, stecken mit ihrer ach so sauberen Bohrinsel mitten drin."

„Wie meinen Sie das?", wollte Iris wissen und erinnerte sich an ihr vages Unsicherheitsgefühl, das sie nach den Husumer Protesten in der letzten Nacht verspürt hatte.

Jetzt übernahm der Mann das Wort, der den Teerlappen geworfen hatte: „Sie fördern Öl, Öl wird transportiert, und damit sind Sie verantwortlich für die ganze Sache."

Iris wandte ein: „Wofür verantwortlich?"

„Mitverantwortlich für Ölverschmutzungen, die sich Tag für Tag heimlich auf der Nordsee abspielen", ergänzte der Mann.

„Nun hören Sie mal", wehrte der Vortragskoordinator ab, „Sie können die Dame und uns doch nicht für die Schweinereien verantwortlich machen, die irgendwelche Kapitäne auf der Nordsee begehen."

„Ihr steckt doch alle unter einer Decke", protestierte der Fischer, als er und seine Begleiter von Sicherheitspersonal hinausgeleitet wurden.

Iris setzte sich in ein Wittdüner Strandcafé und schlenderte anschließend durch den Ort. Dabei kam Sie erneut an der Nordseehalle vorbei, in der sie heute ihr zweites Debakel in Folge erlebt hatte. Sie nahm erst jetzt wahr, dass die Nordseehalle und die Einrichtungen rundherum ein kleines kulturelles Zentrum des Ortes bildeten. So ist der Nordseehalle ein Naturschutzzentrum angeschlossen, in das sich Iris jetzt begab. Sie sah sich verschiedene Tafeln mit Abbildungen von Seevögeln und dazugehörigen Erläuterungen an und las sich eine Erklärung über die Ursache von Ebbe und Flut durch, als sie von jemandem angesprochen wurde. Es war der Mann in der hellen Jacke, den sie noch an diesem Morgen im Husumer Bahnhof gesprochen hatte. „Sagen Sie mal", versetzte Iris, „könnte es sein, dass Sie mich ein klein bisschen verfolgen?"

„Nein, ich verfolge Sie nicht", antwortete er, „aber ich gebe zu, dass ich mich gefreut habe, Sie wiederzusehen, und das schneller als vermutet."

„Naja, nun beruhigen Sie sich mal", sagte Iris, „machen Sie Urlaub?", fuhr sie fort, indem sie ein Stück weiter zur nächsten Schautafel ging. „Nein", entgegnete er, „ich bin beruflich hier."

„Ah, ja?", sagte Iris, „sehen Sie mal da, der Vogel gefällt mir. „Er hat schöne Federn", bestätigte er.

„Ach, das sagen Sie doch nur so", vermutete Iris; am nächsten Schaukasten nahm Sie das Gespräch aber wieder auf, „ihren Namen könnten Sie mir aber schon sagen. Wir müssen es mit der Peinlichkeit des ´Sie´ ja nicht auf die Spitze treiben."

Leicht verwundert über ihre Direktheit, verriet er ihr, dass er Janne hieß. Ob er aus Finnland komme, fragte Sie ihn, obwohl seine dunklen Haare ganz dagegen sprachen. „Nein, meine Eltern haben mich nach einem finnischen Wintersportler benannt, und deshalb bin ich auch ein leidenschaftlicher Wassersportler geworden."

Iris lächelte und erinnerte sich daran, dass sie in einer Frauenzeitschrift einmal gelesen hatte, dass Frauen Männer mit Humor mögen. Dieser Mann, also Janne, schien jedenfalls Humor zu haben.

„Sie sehen mich so an ...- Sie haben es mitbekommen, erst in der Nordseehalle", sagte Iris unvermittelt.

„Ja, tut mir leid", gestand er ein. Ich war auf dem Weg hierher, da hörte ich den Tumult und ging zum Vorplatz der Halle, um zu sehen, was da los war.

„Und was war los?", wollte Iris wissen.

„Naja, Sicherheitsleute führten die Demonstranten ab, und ich sah Sie durch die Scheibe in der Eingangshalle sitzen, neben einem Herren", antwortete er.

„Ja, das war Jürgen, der hiesige Vortragskoordinator", ergänzte sie und fuhr dann fort, „wissen Sie, äh, weißt du, das heute mit dem Protestauflauf war ja alles logisch, die Fischer haben für eine ölfreie Nordsee demonstriert, aber gestern in Husum, da haben sie die Ölförderung im Ganzen angegriffen, das will mir nicht aus dem Kopf."

„Was meinen Sie damit?", fragte Janne.

„Vielleicht verstehen Sie mich", sagte Iris, „ich war glücklich und bin´s noch, dass ich nach meinem Studium solch eine Stelle gefunden habe, und jetzt ..."

„Was stört Sie, ähm dich?", fragte er nach.

Iris entgegnete: „Gestern Nacht habe ich es verstanden. Wir beuten das Erdöl der Nordsee rücksichtslos aus. Durch die neuen Pipelines ist in zehn Jahren Schluss mit der Erdölförderung; mit den herkömmlichen Schifftransporten wäre das Ganze moderater abgelaufen, die Erdölförderung hätte weit länger angedauert."

„Verstehe", bestätigte Janne, „die Ölproduktion der Mittelplate macht nur einen kleinen Anteil des deutschen Ölbedarfs aus und wird als unbedeutend belächelt."

„Genau!", fuhr Iris beinahe auf, „die Wahrheit sieht aber anders aus. Die Schätze einer Entstehung aus Jahrmillionen werden verschleudert. Und ich soll den Leuten die Umstellung auf die Pipelines noch als umweltschonend verkaufen!"

„Die Mittelplate arbeitet doch umweltgerecht", meinte Janne.

„Ja, das stimmt", fuhr Iris fort, „nur ich soll den Leuten folgenden Floh ins Ohr setzten: ´Wenn schon in zehn statt fünfundzwanzig Jahren mit der Ölförderung Schluss ist, brauchen die Umweltschützer für fünfzehn Jahre weniger um die Nordsee zu fürchten.´ "

Janne nahm das Wort auf: „Klingt im ersten Moment logisch. Aber tatsächlich ist es ein Scheinargument. Die Erdölförderung – gerade mit den Pipelines – ist doch sicher. Die Leute wollen nur in wenig Zeit so viel Geld wie möglich machen und dann alles zurücklassen, Bohrinsel, Pipelines, Raffinerie."

„So wird es sein. Und dagegen richteten sich gestern die Proteste in Husum", ergänzte Iris.

„Du hast es nicht leicht, zwei Demonstrationen an zwei Tagen", wollte Janne auf sie eingehen.

„Ach lass mal", wehrte Iris ab, „ich komme damit schon klar."

„Davon bin ich überzeugt", entgegnete er.

„Nun trag` mal nicht zu dick auf", gab Iris lächelnd zurück.

Sie gingen an einem Stand mit Informationen zu regenerativen Energien vorbei, da sagte jemand zu Janne: „Hei Janne, ich hätte eine Frage, könntest du mal eben kommen?"

Iris wandte ihren Blick zu dem Stand, wo sie eine Frau stehen sah, die Janne mit strahlenden Zähnen ansprach. „Entschuldige", wandte Janne sich noch einmal flüchtig an Iris, „ich müsste jetzt an unseren Stand und meiner beruflichen Tätigkeit nachgehen."

Ihr Gespräch schien abrupt beendet, aber ohne es näher überlegt zu haben, sagte Iris zu ihm: „Ich bin morgen Nachmittag am Strand, wenn Sie mögen?"

Iris war nicht sicher, was sie seinem Blick entnehmen konnte: Zustimmung? Verwunderung? Zurkenntnisnahme?

Die Frau am Stand wies mit einem Finger auf die Seite eines aufgeschlagenen Prospekts, so dass sie sich rasch in einem Gespräch mit Janne befand.

Als Janne noch einmal aufblickte, war Iris bereits durch die Drehtür hinausgegangen.

Iris lag im Sand des Amrumer Strandes, wo sie sich mit ihrer kleinen Schwester Mareike verabredet hatte, die – so wollte es der Zufall – ja gerade mit ihrer Freundin Catherine und deren Eltern Urlaub auf der Insel machte. In einem Telefonat hatte sich Iris mit ihrer Mutter verständigt, dass sie einmal nach der „Kleinen" sehen werde. Sie musste vorsichtig damit sein, Mareike als ´kleine Schwester´ zu bezeichnen, schließlich war sie zwölf Jahre alt; und da musste Iris schon einmal mit einem Tritt ins Schienbein rechnen, wenn Sie sich unüberlegt in der Wortwahl vergriff.

Catherines Eltern waren gerade in die Stadt gegangen, und Mareike und Catherine hielten sich am Strandkorb einer befreundeten Familie auf, so dass Iris es sich gemütlich machen konnte.

Wie vor wenigen Tagen im Hotelschwimmbad trug sie auch heute ihren hellblauen Lieblingsbikini. Sie legte ihr Buch beiseite und genoss die sommerwarmen Sonnenstrahlen, indem sie sich ganz auf ihrem dünnen Badehandtuch ausstreckte. Nach einiger Zeit legte sie auch ihr Bikinioberteil ab, um den lauen, warmen Wind ganz zu genießen.

Nur von Zeit zu Zeit blinzelte sie leicht mit den Augen, wenn eine Frisbeescheibe vorüberflog oder Leute vorbeigingen.

Als die Sonne auf den Wangenknochen zu brennen anfing, lief sie zum Ufer und begab sich ins Meereswasser. Die Wellen bewegten ihren Busen leicht auf und ab, und das Wasser umspülte ihren knapp bedeckten Po. Einigemal schwamm sie mit den Wellen mit, und von Zeit zu Zeit sprang sie mit Armen und Kopf vorweg in die Wellen hinein. Auf dem Rücken ließ sie sich treiben und verfolgte die federleichten Wolken, die auf blauem Hintergrund über den Himmel glitten.

Am Platz angekommen, brauchte sie sich nicht einmal abzutrocknen, so angenehm war die Wärme an diesem Tag.

Als sie sich gesetzt hatte, kam jemand von der Seite zu ihr heran, aber es war kein Strandurlauber, der – wie einige Male zuvor – einen Frisbee oder Strandball holen wollte. Neben ihr stand Janne, der sie mit ihrem Vornamen ansprach.

42

Er ist tatsächlich zum Strand gekommen, schreckte Iris innerlich auf. Im ersten Moment nahm sie ein Handtuch vorne vor, legte es dann aber wieder zur Seite. Schließlich war man hier am Strand, und *er* hatte *sie* aufgesucht, nicht umgekehrt.

„Hallo Janne", sagte sie so selbstverständlich wie möglich, „schön, dass du hergekommen bist. Setz dich doch."

Janne zeigte sich erfreut, legte seine Sommertasche ab, breitete sein Handtuch aus und setzte sich neben sie: „Ich habe am Informationsstand gerade eine Stunde frei, und da dachte ich, ich sehe mal, ob ich dich am Strand treffe. Ich hoffe, das ist in Ordnung."

„Klar ist das in Ordnung, ich habe dich ja eingeladen", gab Iris zurück, indem sie sich leicht aufrichtete, „du bist ja überhaupt noch nicht braun geworden. Wie lange seid ihr hier schon auf der Insel?"

„Zwei Wochen", entgegnete Janne und dachte: *Mir fehlte bisher eben die richtige Begleitung.* Anstatt das zu sagen, brachte er nur heraus, dass er nicht dazu gekommen sei, öfters an den Strand zu gehen. Iris entgegnender Blick verriet, dass sie ihm das nicht so recht abnahm; sie ließ es aber auf sich beruhen.

Iris nahm Sonnencreme aus ihrer Tasche und strich ihm davon etwas auf die Nase: „Sonst hast du im Nu einen Sonnenbrand, ein bisschen rot ist sie schon." Sie legte sich auf den Bauch, reichte ihm die Tube und signalisierte ihm dadurch, dass er jetzt dran war, ihr den Rücken einzucremen. Als er leicht zögerte, klatschte sie sich mit verdrehter Hand auf den Rücken und führte für einen kurzen

Moment seine Hand heran. Mit leichten Zügen verteilte er die Sonnencreme auf ihrem Rücken und berührte kurz zweimal auch ihre Seite, was Iris kurz aufmerken ließ; aber sie sagte nichts.

„Leg dich doch auch etwas in die Sonne, das wird dir bestimmt gut tun", ermunterte ihn Iris.

Warum eigentlich nicht, sagte er halb zu sich und halb zu ihr. Er legte sich zurück, schob die Hände unter seinen Kopf und blinzelte in Richtung Sonne. „Ist doch schön, oder?", fuhr Iris fort. „Ja", erwiderte Janne kurz, fand aber in diesem Moment keine weiteren Worte, so lange er auch danach suchte. Nach einer Weile wandte sie den Kopf zu ihm und sagte: „Du hast einen tollen Beruf, Janne. Findest du das selbst auch?" „Ja, schon", gab er zurück, „wahrscheinlich macht man sich das im Alltag nur nicht oft bewusst." Iris nickte. „Und du?", fragte er nunmehr seinerseits. „Ich bin zur Zeit eigentlich sehr happy. Ich habe das Studium bestanden, einen interessanten Job gefunden. Das ist schon schön."

„Bleib` da mal dran", ermunterte Janne sie. „Meinst du das ehrlich?", fragte Iris, „eigentlich stehen wir doch auf entgegengesetzten Seiten."

„Ach was", schlichtete Janne, „das sieht nur auf den ersten Blick so aus. Wenn ich an deinen Hubschrauberflug mit deinem van der Laahe denke, von dem du mir erzählt hast, sind wir jedenfalls beide Abenteurer."

„Wie Recht du hast", bestätigte Iris, stand dann auf, zog ihn am Arm und gab ihm zu verstehen, dass sie jetzt zum Wasser laufen würden. „He", wehrte sich Janne, aber ehe er sich versah, waren sie schon in der Brandung und Iris stieß ihn direkt in die erste Welle, so dass er untertauchte; und als er wieder auftauchte, lachte Iris mit ihren weißen Zähnen, ließ ihn dann aber in Ruhe. Beide schwammen ein bisschen und wurden von den Wogen der Wellen auf und ab gehoben.

Als sie hinausgingen, schüttelte Iris ihre Haare, und Janne, der einige Meter schräg hinter ihr stand, war erstaunt, wie unbefangen sie sich in ihrer knappen Badebekleidung bewegte.

Zurück bei ihren Handtüchern, kämmte Iris sich die Haare und band rasch ihre Haare mit einem Zopfband zusammen. Als Janne seine nasse Shorts gegen eine trockene gewechselt hatte, saß Iris schon in sommerlichen Pants und einer weißen Bluse, die sie in der Hüfte geknotet hatte, neben ihm.

Sie wies zum Strand, wo – wie sie ihm erklärte – Mareike und Catherine zu sehen waren. Sie tauchten mit Schnorcheln und waren mit einem Fotoapparat zu Gange. Nach einiger Zeit liefen die beiden zu Iris und Janne.

„Sieh einmal hier, Iris", sagte Mareike, „wir haben digitale Aufnahmen vom Meeresboden gemacht." Mareike hielt ihr den Fotoapparat hin und klickte die verschiedenen Fotos durch, „sieh mal." Einige Bilder wiesen bloßen Sandboden auf, andere waren einige Meter weiter draußen aufgenommen und zeigten bereits einige Steinansammlungen sowie kleine Meerespflanzen. „Das ist ja wirklich interessant", sagte Iris und klickte die Bilder selbst noch einmal durch. „Ja, nicht wahr", entgegnete Mareike begeistert, wir sind Meeresforscher. Iris lächelte angenehm berührt, zeigte jedoch auch etwas Nachdenkliches im Blick.

Catherine und Mareike hatten ihre Sachen mitgebracht und ließen sich neben Iris und Janne nieder, allerdings nicht ohne diesen ausgiebig zu begutachten.

Iris nahm ihr Handy hervor und schickte eine SMS an Herrn van der Laahe: „Ich glaube, ich mache mich besser umgehend auf den Weg. Die Arbeiten an den Bohrrohren müssen jetzt endlich vorangebracht werden."

Kurze Zeit später klingelte ihr Handy: „Ich habe über Ihre SMS nachgedacht. Wir sollten die Arbeiten an der Mittelplate intensivieren, zumal die geförderten Ölmengen von gestern auf heute wiederum gesunken sind. Auch Ihre Vortragsreihe legen wir für´s Erste auf Eis. Sie haben da gute Arbeit geleistet, das sollte für´s Erste aber genügen." Iris hatte von Zeit zu Zeit genickt und das Gesagte bestätigt. In der Tat sah sie die Lage so wie Herr van der Laahe; allerdings war Iris froh, dass er nichts Negatives zu ihren Vorträgen und nichts zu den Protesten hatte verlauten lassen.

7

Iris sprang mit einem kleinen Hüpfer aus dem Hubschrauber auf den Landeplatz der Mittelplate. Van der Laahe stand bereits mit rudernden Armen am Eingang des Plattformhäuschens und winkte sie herbei. Iris, die völlig unpassend noch ihr weißgemustertes Kleid trug, warf dem Piloten eine flüchtige Grußhand zu und eilte dann im wehenden Kleid zu Herrn van der Laahe. Ihre Stoffjacke musste sie zuhalten, weil der Wind mächtig pfiff.

„Frau Bergstein", grüßte van der Laahe, „beeilen Sie sich. Wir haben Probleme in der Pumpstation; bitte begeben Sie sich schnell zu Schelling." Flüchtig ihr den Weg die Eisentreppe hinab weisend, begab sich Iris eiligen Schrittes zu Schelling in den Kontrollraum.

„Kommen Sie", sagte Schelling ohne weitere Umschweife, ein Regencape umlegend und eine Taschenlampe ergreifend, „hier nehmen Sie", ergänzte er, indem er Iris eine wasserfeste graue Jacke reichte, „wir müssen in den Maschinenraum."

Dort angekommen, sahen sie, wie Herr Burgward gerade den Versuch unternahm, eine große Maschinenschraube an einem Rohr festzudrehen, aber wie leicht zu erkennen war, gelang es ihm nicht.

„Kommen Sie, Schelling", halten Sie mal gegen.

Schelling griff sich den zweiten Schlüssel, legte sich wie Burgward unter das Rohr und versuchte, den Schraubenschlüssel anzusetzen. Die Vibrationen waren so heftig, dass es erst nach wiederholtem Versuch gelang.

„Iris, wir brauchen Ihre Hilfe", rief Burgward ihr jetzt zu, „während wir hier den Hahn zudrehen, müssen Sie drüben am Relais den Druck auf 9,3 einjustieren, dazu brauchen Sie den Schlüssel, der neben der Anzeige liegt."

Iris setzte einen Dreikant-Schlüssel an und hielt ihn so lange auf der rechten Seite, bis der angezielte Wert erreicht war. „Jetzt abdrehen", rief der Maschineneinrichter, „gut gemacht, Frau Bergstein."

In dem Moment, rutschte Schelling, der gerade unter dem Rohr hervorkommen wollte, aus und fiel mit dem Oberkörper nach hinten. Im selben Moment schoss Iris und Burgward ein breiter Wasserstrahl entgegen, dass sie nach hinten weggespült wurden; Schelling selbst hielt sich an einer Metallstrebe fest. Iris und der Maschineneinrichter hockten jetzt an der hinteren Wand, und das Wasser strömte ihnen weiter entgegen. Van der Laahe kam mit einigen Ölarbeitern durch die Tür und sagte: „Was ist denn hier los? Oberwaart, schließen Sie das Ventil." Oberwaart, sogleich orientiert, begab sich mit einigen Schritten zum Drehrad und schloss es.

„Wie konnte das passieren?", wandte sich van der Laahe an Maschineneinrichter Burgward, indem er ihm ebenso wie Iris aufhalf. „Ich war gerade dabei, den Wasserstand des Hydrauliksystems zu justieren, als die Probleme an der Ölpumpe begannen", erklärte Burgward.

„Verstehe", antwortete van der Laahe, indem er Oberwaart darauf hinwies, den beiden Durchnässten eine Decke zu reichen. „Ist alles in Ordnung bei Ihnen, Fräulein Iris?", gab er sich besorgt.

„Ja, alles in Ordnung", entgegnete sie, obwohl sie sich selbst noch gar nicht richtig darüber im Klaren war, was soeben passiert war.

Oberwaart stützte Iris und Schelling ein wenig und begleitete sie in den Aufenthaltsraum, der gleich an Schellings Kontrollraum anschloss.

„Ist wirklich alles okay?", erkundigte sich Schelling. „Ich glaube schon", entgegnete Tanja, indem sie sich über Schulter und Ellenbogen strich. Beim linken Ellenbogen hielt sie inne.

„Sie haben sich verletzt", sagte Schelling, „warten Sie, ich verbinde Ihnen die Wunde."

„Ist halb so schlimm", beschwichtigte Tanja, kniff aber doch leicht die Augen zusammen, als Schelling den Verband anlegte.

Tanja legte die Decke beiseite, damit Schelling die Stelle besser erreichte. Ihm entging es nicht, dass Tanjas weiß-gemustertes Kleid von der Wasser-Überspülung noch durchnässt war; und Tanja entging es ihrerseits nicht, dass ihm dies nicht entging, aber keiner von beiden sagte etwas davon.

8

„Sind die Übersichtskarten der Gesteinsschichten von Professor Gronewohld aus Clausthal-Zellerfeld schon eingetroffen? Ich hatte gebeten, sie direkt an die Mittelplate zu senden", sagte Iris noch am selben Abend zu Schelling.

„Nein, noch nichts", musste Schelling sie enttäuschen.

Iris wog den Kopf und legte die Hand ans Kinn. Sie brauchte die exakten Karten für eine genaue Einschätzung der Situation. Die Übersichtskarten hier gaben zwar einen ersten Einblick, reichten aber nicht an die Exaktheit der geowissenschaftlichen Karten aus Clausthal-Zellerfeld heran.

Schelling war es, der die überlegende Stille unterbrach: „Sehen wir uns noch einmal die Druckverlaufskurve der heutigen Pumpvorgänge an."

„Das ist gut, den Verlauf von Pumprohr Nummer 4, mit dem es die Probleme gibt", bestätigte Iris.

Jens, das war Schellings Vorname, wie sich Iris erinnerte; dieser reichte ihr jetzt den Plan und kam ihr dabei so nahe, dass er ihr Parfüm wahrnahm.

Sympathie spürte er zwischen sich und ihr schweben, und er hätte sie gerne geküsst, jetzt – einfach so, aber das ging ja nicht.

Stattdessen sagte er: „Sehen Sie einmal, Frau Bergstein, um drei Uhr nachts und um 11.30 Uhr sind die Förderungseinbußen drastisch angestiegen, dazwischen konnten wir nahezu vollständig fördern."

„Ich verstehe", entgegnete Iris, „wenn das Förderrohr irgendwo gequetscht sein sollte, würden diese sprunghaften Verlustanstiege auf Verschiebungen in tiefgelegenen Erdschichten hindeuten."

„Aha", nahm Jens ihre Überlegung zur Kenntnis.

„Aber ob solche Verschiebungen hier möglich und wahrscheinlich sind, kann ich nur herausfinden, wenn die Zellerfelder Karten hier sind."

Die Labortür öffnete sich, Matrose Danny trat herein: „Hier, Fräulein Bergstein, die erwarteten Karten von Professor Gronewohld aus Clausthal."

„Sie sind ein Engel, Danny", jubelte sie fast und drückte ihm einen Kuss auf die Wange, der dabei errötete, aber wortlos, sich leicht verbeugend, die Laborkajüte verlies.

Jens nahm sich eine Weinbrandbohne.

„Auch eine?", fragte er Iris.

„Nein."

Iris entrollte die Karten und studierte sie mit geschulten Blicken.

„Nein", sagte sie schließlich überzeugt halb zu sich, halb zu ihrem Kollegen. Im Bohrbereich der Mittelplate befinden sich keine nennenswerten felsartigen Vorkommen, wie es in etwa im Gebiet von Helgoland der Fall ist.

Es liegen lediglich verschiedene Sandgesteins-
schichten in verschiedenen Festigkeitsgraden vor,
die aber niemals für etwaige Quetschungen eines
Rohrsystems verantwortlich sein könnten.
„Vielleicht allein durch das Gewicht?", erwog Jens.
„Nein", wusste Iris zu verneinen. Van der Laahe hat
mir die Papiere zu den Baugrundlagen gezeigt; die
Dicke der Förderrohre ist so gestaltet, dass diese
dem Druck mehrfach standhalten, „nein, fasste sie
sich ans Kinn, das ist es nicht."
„Schelling, ich mache mich auf den Weg", sagte Iris
kurz entschlossen und hatte schon ihr Regencape
auf dem Arm.
„Aber", wollte Schelling einwenden, da war Iris
schon ohne genauere Erklärungen durch die Labortür verschwunden.
Jens Schelling ließ sich in den Bürostuhl sinken.
Unwillkürlich fiel sein Blick auf die Fläche neben
der Tastatur; aber mit der Weinbrandbohne ließ er
es jetzt sein.

9

Danny war ein durchweg diskreter Matrose und
wusste von Iris´ flüchtigem Kuss nichts mehr.
Er sprang nach Iris auf das Elektroboot und holte
dann die Leine ein.
„Jetzt will ich mir mal ansehen, was da hinten zwischen dieser Sandbank und dem Freileuchtturm los
ist"; sprach Iris gegen die Brise aus Nordwest.
Danny hörte dies nur flüchtig, hatte das Boot aber
rasch in Fahrt und die richtige Richtung gebracht.
„Schön, Danny, da hinten schimmert die Bank
schon im leichten Nebel."

In der Nähe der Sandbank mit dem Leuchtturm angekommen, ankerten Sie. Ein Motorboot fuhr mit strengen Schwüngen zur Hinterseite der Sandbank. Neben dem Mann am Steuer stand ein Mann mit Sonnenbrille und Aktenkoffer, der noch nicht einmal den Kopf wandte, als er die beiden Ankömmlinge gesehen haben musste. Schon war er hinter der Sandbank verschwunden, aber am abklingenden Motor war zu erkennen, dass sie an der Hinterseite angelegt hatten.

Um die Schiffsschraube ihres eigenen Motorbootes im flachen Wasser der Sandbank nicht zu beschädigen, warf Danny ein Schlauchboot in die Wellen, und mit zwei Sätzen landeten Iris und er darin. Das Umfassen ihrer Hüfte entgegnete sie mit einem zugleich dankenden und abweisenden Blick.

„Fahren Sie die Sandbank bitte geradewegs von dieser Seite an", bat sie Danny, „wir müssen ja nicht zwingend gleich gesehen werden. Legen Sie sich das Fischernetz um! Dann haben wir wenigstens eine kleine Ausrede für unser Hiersein."

„Wie Sie meinen, Chef", gab Danny nicht ohne schmunzeln zurück, „das angelnde Liebespaar, das sich hierher verirrt hat?"

„Wenn Sie so wollen", gar nicht solch eine schlechte Idee", pflichtete Iris nicht ohne Ironie bei.

„Kommen Sie", rief Iris, „schnell rüber und zur Fischerhütte."

Mit schnellen Schritten hatten sie rasch das Holzgebäude erreicht. Sie duckten sich, denn über ihnen befand sich ein Fenster, durch das sie nicht gesehen werden wollten.

Jetzt richteten sie sich umsichtig auf und warfen vorsichtig einen Blick in das Gebäude. Iris glaubte, ihren Augen nicht zu trauen. Im Inneren befand sich alles andere als ein Fischerboot und ausgefranzte Netze. Nebeneinander standen mehrere Pumpgeräte, ganz ähnlich denen von Maschineneinrichter Burgward auf der Mittelplate. Leise raunte sie Danny zu: „Also, entweder wir sind im Kreis gefahren, oder ..." „Oder ...", nahm Danny ihr Wort auf, „wir haben es mit einer Pumpstation zu tun."

„Dann wäre es aber ein unerlaubtes Pumpwerk", fuhr Iris fort, nirgends auf unseren Geo-Förderungskarten ist solch eine Pumpstation verzeichnet, und schon gar nicht an dieser Stelle, am Leuchtturm auf der Sandbank."

Danny wollte gerade zustimmend nicken, da hörten sie eine Stimme hinter sich sagen: „Ich habe genug gehört. Kommen Sie mit und drehen Sie sich nicht um."

Iris und der Matrose Danny hoben die Hände und gingen voraus in das Gebäude. Spürte sie von Zeit zu Zeit den Lauf einer Waffe an ihren Rippen? Sie war sich nicht sicher.

Danny und sie wurden in Ledersessel geschoben und saßen nun einem Mann mit Halbglatze gegenüber. Im Mundwinkel ließ er einen Lolli kreisen.

„Sie sind es, die das Erdöl abpumpen", fuhr Iris geradewegs heraus, „es gibt keine Lecks an den Förderrohren, kein Versiegen der Erdölvorkommen!"

„Aber verehrte Frau, wovon reden Sie?", hörte sie ihr Gegenüber sagen, „ist Ihnen nicht recht wohl?"

„Und wie wohl mir ist", betonte sie erneut, „ich brauche nur eins und eins zusammenzuzählen."

„Kommen Sie mit", versuchte der Boss sie zu beruhigen, „ich leite Sie in den Maschinenraum und werde Ihnen mein Vorhaben erklären. Es ist ein Naturschutzprogramm, ich habe es nur bewusst noch nicht offiziell angemeldet, weil ich mir nicht sicher war, ob es funktionieren würde. Aber inzwischen ..."

Der Gehilfe, der sie vor wenigen Minuten vom Fenster weggeholt hatte, öffnete eine Metalltür und leitete sie, wie auch Danny, hindurch. Der Gehilfe sowie der Boss folgten ihnen; die Tür fiel schwer ins Schloss. Vor ihnen brauste die Gischt der Nordsee durch den Raum unter ihnen, und daneben standen die gewaltigen Pumpen, die auch jetzt in vollem Betrieb waren.

„Eigentlich", hob der Boss jetzt an, „sollten die Maschinen in einem hellen Raum stehen mit Linoleum ausgelegt, aber dann musste alles schneller gehen, und so stehen die Pumpen im halb offenen Raum, direkt nebst der Wellen. Beinahe dramatisch, könnte man sagen. Aber das einzig wichtige ist, dass mir durch das Anzapfen der Erdölrohre bares Geld ins Portemonnaie gespült wird." Hochmütig verzog er sein Gesicht und griff nach einem neuen Lolli in seine Jacketttasche.

Schließlich gab er seinem Gehilfen namens Dimitri zu verstehen, dass er selbst sich nun wieder seinen Geschäften widmen wolle. Dimitri solle sich um alles Weitere kümmern.

Halb hatte sich der Boss zur Seite gedreht, da öffnete sich über ihm eine Glasluke. Zwei Männer sprangen hinunter. Einer warf sich auf den Boss, der rief: „Achtung, Dimitri!". Aber da hatte sich auch bereits der zweite von oben auf Dimitri hinabgestürzt und entriss ihm die Waffe, die dieser unter seinen Gürtel geklemmt hatte.

Der Boss war schnell festgesetzt und an ein Drehrad gebunden, nur Dimitri, der Gehilfe, machte sich frei und sprang hinter einen Maschinenverschlag. Die beiden rettenden Männer eilten ihm hinterher und wollten ihn packen. Da machte er sich frei, stolperte aber über einen Flaschenzug und fiel unter einem lauten Ruf ins strudelnde Meerwasser: „Hilfe!"

Janne, der einer der rettenden Helfer war, bot ihm die Hand, aber Dimitri spie ins Wasser: „Niemals!". Erst als er zwei sich drehenden Turbinenschrauben näherkam, reichte er Janne widerwillig die Hand und ließ sich aus dem Wasser ziehen.

Van der Laahe selbst, dem es gelungen sein musste, sich trotz seines fülligen Bauches durch die Glasluke zu schlingen, setzte Dimitri fest und klickte ihn neben den Boss am Drehrad fest. „Lassen Sie mich", protestierte der Gehilfe, aber es war zu spät. Schon sprang die Küstenpolizei heran und brachte die beiden auf ihr Patrouillenschiff.

„Das wäre erledigt", versetzte van der Laahe zufrieden, „Schelling hat uns gesagt, dass Sie in Eile zur Leuchtturmsandbank aufgebrochen sind, und da habe ich mich gleich mit ihrem Bekannten auf die Suche nach Ihnen gemacht. Der junge Mann war gewaltig besorgt um Sie."

Iris wand ihre Schulter.

Van der Laahe ließ seinen Blick durch den Maschinenraum gleiten und sagte schließlich mit leicht schüttelndem Kopf: „Dann haben die beiden also tatsächlich eine Pumpstation mit Rohrsystem errichtet und unterirdisch an ein Pumprohr der Mittelplate angedockt. Daher kamen die Verluste in der Ölförderung."

„Ich dachte auch, ich traue meinen Augen nicht, als ich die ganze Maschinerie hier sah", ergänzte Iris.

„Dann", sagte van der Laahe, „haben Sie, Frau Bergstein, wohl Ihren ersten Auftrag erledigt, und das auf blendende Weise."

„Danke, Chef", wäre Iris beinahe errötet.

Dabei hätte sie hierfür allenfalls mehr Grund gehabt, als Janne ihr die Hand reichte und ihr beim Sprung auf das Kleinboot behilflich war. Aber selbst wenn sie hierbei errötete, machte ihr dies nicht aus – überhaupt nichts.

Als beide nebeneinander auf dem Boot saßen, gingen Janne noch einmal die Ereignisse des Tages durch den Kopf. Als sich Iris von Amrum aus zur Mittelplate aufgemacht hatte, war ihm die Idee gekommen, van der Laahe ein Kooperationsangebot zur Zusammenarbeit seiner Windorganisation mit den Erdölförderern vorzuschlagen. Und – er gestand sich dies ein – wollte Iris wiedersehen. War er ein Stalker, der seiner Verehrten nacheilte?

Aber dieser Gedanke wurde mit einem Blick zur Seite weggewischt, denn da saß Iris neben ihm. Die Strahlen der Sonne ließen ihre glänzenden Augen blinzeln wie die reflektierten Sterne auf den Wellen. Und als er zu ihr hinsah, wandte sie ihm ihren Blick zu, und zwar ohne Weiteres.

10

Iris hatte den Kooperationsvertrag zwischen Wind und Öl gegenüber van der Laahe so vertreten, dass dadurch die Gesamt-Förderzeit der Mittelplate verlängert wurde und nicht, wie bisher vorgesehen, so kurz wie möglich gehalten. Dadurch wurden die natürlichen Ressourcen des wertvollen Mineralöls geschont, und die Windbranche, die auf kaum staatliche Förderung mehr rechnen konnte, erhielt einen Schub.

Dass sie gemeinsam mit Janne durch die Demonstranten in Husum auf diese Idee gekommen sei, wollte van der Laahe gar nicht hören. Er winkte nur ab und reichte ihr einen Orangensaft: „Sekt nehmen Sie ja wohl nach wie vor nicht." Ein Lachen folgte, und er legte ihr unvermeidlich den Arm um die Schulter: „Sie haben das einfach gut gemacht, Frau Bergstein, ganz ausgezeichnet."

11

Iris und Janne waren am Strand von Amrum, und das mit dem Bikini-Oberteil hatte Iris in diesem fast durchgehend sonnigen Sommer längst auf sich beruhen lassen. Zu ihrem hellblauen Lieblings-Bikini-Unterteil hatte sie sich einen hellgelben in selber Schnittform zugelegt. Und als sie Janne gebeten hatte, ihren unbekleideten Oberkörper einzucremen, gelangte er schließlich über ihren gebräunten Rücken hinab bis zum schmalen Seitenteil des Bikini-Unterteils.

Er fragte: „Auch da?"

„Auch da."

Bei BoD ist von Stefan Burchert ebenfalls erhältlich der *Iris-Band 1*:

Wanderung im Teutoburger Wald; Iris auf Abwegen — Zwei Kurzromane und andere Erzählungen.
ISBN 3-8311-2966-5